José A. y Javier Bizarro
¿Para qué sirve un koala?

LATA
de
SAL

Título original: *¿Para qué sirve un koala?*
Todos los derechos reservados.

© 2018, Javier Bizarro y José Antonio Bizarro
© de esta edición: Lata de Sal Editorial, 2018

www.latadesal.com
info@latadesal.com

© del diseño de la colección y la maquetación: Aresográfico

Impreso en Egedsa
ISBN: 978-84-948278-8-4
Depósito legal: M-31002-2018
Impreso en España

¿Para qué sirve este libro, afortunadamente?

Este libro ha sido publicado gracias al apoyo del Institut d'Estudis Baleàrics

G CONSELLERIA
O CULTURA,
I PARTICIPACIÓ
B I ESPORTS

institut d'estudis
baleàrics

¿PARA QUÉ SIRVE UN KOALA?

JOSÉ A. BIZARRO y JAVIER BIZARRO

LATAdeSAL
Afortunada

Un día cualquiera te darás cuenta de que llevas un koala agarrado a ti.

Nadie te dirá qué debes hacer con él...

Y puede que decidas llevártelo a casa.

Pero muy pronto
te asaltarán las dudas
de si has hecho lo correcto.

Quizá a tus padres no les guste demasiado.
—Hijo, ¿Y ahora qué hacemos con él?
Además...

¿PARA QUÉ SIRVE UN KOALA?

Comprobarás que es el peor portero que has visto en toda tu vida.

Y perderás los partidos por 30 goles a 0.

Si esperas que te empuje el columpio, no conseguirás nada.

Ni siquiera te ayudará a pedalear en las cuestas.

Tampoco en las tareas más sencillas
encontrarás la respuesta.

Pensarás que es tan perezoso
que sólo sirve para dormir.

Pero lo que de verdad colmará tu paciencia,
será que destroce tus libros favoritos.

Y te enfadarás tanto, tanto, tanto...

Que le gritarás: ¡VETE!

Aunque no querrás decir eso realmente.

Lo pondrás todo en orden, como siempre debió estar.

Volverás a ganar todos los partidos...

por goleadas.

Tus amigos te empujarán el columpio sin descanso.

Subirás todas las cuestas sin esfuerzo.

Pero empezarás a notar cosas que quizá nunca antes hayas sentido.

Algo parecido
a un extraño vacío
en tu interior.

Y querrás convencerte de que así estás mejor.
Pues al fin y al cabo...

¿PARA QUÉ SIRVE UN KOALA?

Será entonces cuando caigas en la cuenta...

...de que quizá no sepas para qué sirve,
pero siempre estaba a tu lado.

Es posible que corras
hasta llegar al bosque...

donde preguntarás por él
a todos los koalas.

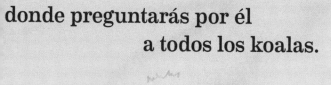

Pero ninguno le habrá visto.

Puede que te sientas triste y solo.

Pero al llegar a casa...

Allí estará esperándote...

TU KOALA.

Y entenderás entonces que hay preguntas...

que sólo puede responder el corazón.